KB151029

달달한 쓴맛

모악시인선 015

달달한 쓴맛

안성덕

모악

나비 한 마리 바람 속을 간다

도대체 왜 이렇게 무겁나,
제 몸뚱이에 자꾸 회초리를 댄다

천근만근 날개 탓이란 걸
팔랑거릴수록 더 젖는다는 걸
아직 모른다

바람에 날개를 젖고 젖으며, 나비 한 마리
휘청휘청 난다

2018년 9월
안성덕

차례

2부 들보 빼내 서까래 얹고

3부   기러기 줄지어 사람 人자 쓰듯

4부 잘 익은 감빛 전등불은

1부
온종일 마른풀 내가

말 없는 소리

더듬더듬 촛불을 켠다
밥이 코로 들어가는지 입으로 들어가는지
예고 없는 정전이다

어둠이 환하게 식탁을 비춘다
동그랗게 사위가 살아나고
마주 앉은 얼굴 말그랗다
꾸역꾸역 낯선 침묵을 우겨 넣는다

달그락, 뚝배기 속 숟가락이 부딪는다
다각, 젓가락 두 짝이 키 맞춘다
아내는 무국 한 국자를 더 떠오고
주말드라마도 스포츠뉴스도 못 본 채
밥을 먹는다
말 없는 소리를 듣는다

사람 입에 밥 들어가는 소리
눈 큰 짐승 여물 먹는 소리 별반 다르지 않다
어둔 촛불 탓일까 끔벅끔벅 아내의 눈이
깊다

봄

꽃잎에 나비 내리듯
사뿐 옮겨 앉네
실바람에 살포시 그녀의 치마폭이 부풀고
귀밑머리 살랑거리네
노글대는 햇살에 등허리 희부윰하네

발치에 자전거 받쳐두고
나물 소쿠리를 훔쳐보네, 남실대길 기다렸다가
길마가지꽃인 양 길을 막고 싶네
뒷자리에 태워 바퀴살 차르르르
햇살을 감고 싶네

발개진 그녀 슬며시 옆구리 안아오면
간지러운 척 키득거릴 것이네
낯선 처자의 낯익은 남자가 되어
흥얼흥얼 둑길에 아롱거릴 것이네
어스름 식탁에 마주앉을 것이네

한나절 나물을 캐어 오금이 저릴 여자
봄밤 내내 등 내주고 싶네

박새죽비

피투성이다 박새 한 마리
머리가 깨졌다

앞산 산벚을 들여놓으려
방 안에 그저
냇가 버드나무나 몇 불러들이려던 창으로
날아들 줄이야
산마루를 넘으려던 작은 새
피 묻은 가슴에 아직 온기가 남아 있다

향기 없는 꽃도 있다는 걸
바람 없이도 흔들리는 가지가 있다는 걸
보이지 않는 벽도 있다는 걸, 녀석은
몰랐던 거다
통유리창에 핀 산벚꽃에
한 조각 뜬구름에
두 눈 멀쩡히 뜬 박새의 머리통 박살났다

제 눈에 담으려 남의 눈을 가린,
꽃에 버들이나 들여놓을 뿐
향내와 청풍을 못 보는 내 청맹과니를 후려친

박새

징검다리

새벽녘엔 새우처럼 웅크렸습니다
유난히 잦았던 열대야 용케 건너왔네요

군살 하나 없는 햇살에서 온종일
마른풀 내가 났지요
무서리 친다는 상강,
마을 앞 징검다리에 나와 앉았습니다
그 많던 피라미는 죄다 어디로 갔을까요 벌써
겨울 채비를 하나요
냇물도 반 너머 몸피를 줄였고요
그래요, 이맘때면 세상 모든 것들이 그렇듯
징검돌 사이로 빠져나가는 물소리도
한결 정갈하네요

삼천三川에 손을 담가 봅니다
정신이 번쩍 드네요 그만 돌아가
식구들 함부로 벗어던진
현관의 신발짝 나란히 짝 맞춰 둬야겠습니다
어느 시인처럼 모과 빛 등불 밝혀야겠습니다
다듬다듬 건넜을 오늘 하루
더는 적막하지 않게

징검돌 놓듯 간간이 헛기침도 놓겠습니다

또 하루 저무네요
늦가을 졸아든 냇물처럼 부쩍 말수 줄인 나를
당신, 총총 건너십시오

꽃도둑

늦은 점심 탓이었을까요 툇마루에 꾸벅거리는 나를 햇살이 따갑게 꼬드기더라고요 길을 나섰습니다 피아졸라의 리베르탱고 반도네온이 유난히 먹먹하더군요 딱히 갈 곳도 없는 내게 뚝방 억새가 아는 체하더라고요 살랑살랑 바람도 마실 나온 게 틀림없더라니까요 그래요 영상리 지나 용지쯤이었을 겁니다 반딧불이처럼 꽁무니 깜박깜박, 빨강 승용차 한 대 서 있더군요 조심조심 스치는데, 아 글쎄 와이드페도라를 쓴 쪼옥 빼입은 여인이 길가 구절초를 꺾더라니까요 나비처럼 이 꽃 저 꽃 옮겨다니며요 꺾은 꽃을 연신 킁킁거리며요 궁상스럽기는, 까짓 한 다발에 오천 원이나 할까요? 생긴 건 말짱해가지고 정말, 끌끌 혀를 찼습니다 내가 가꾼 꽃길은 아니었지만 자꾸만 그 도둑이 아른거리더라니까요

가을 다 가도록 아삼삼한 것이, 그 꽃도둑 내가 꺾어온 게 틀림없습니다

괄호 치다

괄호부터 구하는 거다,
국민학교 산수 시간에 배운 공식 까먹었다
눈감아 버리듯 줌아웃 시키듯
불편할 땐 외면한다

재방송처럼 짜장면이나 께적대는 휴일
흙탕물 한 통 길어 오는 오십 리 황톳길
열 살 에티오피아 소녀의 피고름 나는 맨발도
정기후원 1577-1004 월 삼만 원도
우적우적 단무지를 씹으면, 목메지 않는다
하얀 냅킨으로 입가를 훔치고
지저분한 춘장접시 양파쪼가리 몽땅 쓸어 담아
짜장면 그릇에 랩 다시 씌워
현관 앞에 밀어두면 완벽하다
껌을 씹으면 깔끔하다
기도하듯
두 손으로 감싸듯
괄호 씌워 먼저 생각하라는 말씀, 괄호 친다
프로야구 안 하나, 리모컨 꾹꾹 눌러
관심 끈다

달달한 쓴맛

엿을 먹었네
꿈결인 듯 앞산 너머 뻐꾸기가 울면 철걱철걱 엿장수가 가위
를 쳤네
아무리 아껴 먹어도 할머니 흰 고무신은 금세 녹았고 어머니
의 부지깽이는 오래 쓰라렸네
소쩍새는 밤이 깊도록 훌쩍거렸네

정수리의 딱지나 떨어졌을 국민학교 오학년 땐가
방앗간 머슴이 빨리던 풍년초 몇 모금은 몽롱했네 주제도 모
르는 머슴 놈 편지 심부름에
얼척없다, 옆집 누님은 시퍼렇게 나를 꼬집었네
알사탕은 달다 못해 쓰기만 했네

인내는 쓰다 그러나 그 열매는 달다,
책상 앞에 앉아 질끈 머리를 동여매었지만 열매는커녕 꽃 한
번 보지 못 했네
세월은 가슴애피를 하던 막내고모의 약단지에서 골라낸 감초
만도 못 했네

허나, 호락호락한 적 한 번 없던 세월이 엿 먹이지 않았다면
빈속에 강소주 맛을 내 어찌 알았겠는가

소주가 엿처럼 입에 쩍쩍 달았다면 삼십 년도 넘게 물리지 않을 수 있겠는가

환갑에 알겠네, 이 달달한 쓴맛을

알람

아직도 한 시간 십사 분 남았다
베갯머리 모셔둔 저 시계가 시간 맞춰
재깍, 깨워줄까?

새벽 세 시 사십육 분
확인까지 확인, 준비는 완벽하다
제 시간에 일어나기만 하면 만사 오케이

이제 믿다가 찍힐 발등 더는 없다
콕 콕 초침이 골을 쑤신다
저벅 저벅, 점령군 군화 발자국처럼
귓구멍을 짓이기는 몇 쌈 바늘

도대체 믿기지 않는 저 기계가
제 시간에 울어줘야 하는데
홰치며 울어줄 다섯 시까지, 보험들 듯
초침 분침 시침 뽑아들고
자꾸만 감기는 눈꺼풀 찔러야 하는데
기필코 알람을 지켜야만 하는데

비 보 비 보 구급차가

날밤 새운 나를 깨우고 간다

별

1

별도 달도 다 따주마 꽁무니에 얼쩡거렸다 어쩌다 눈이라도 마주치면 맨눈에 해 들어온 듯 캄캄했다 길목을 지키던 그 애 오빠에게 걸려 피도 안 마른 마빡에 딱밤깨나 맞았다 꽃도 안 피고 또록또록 알밤이 여물었다 그날 밤 꿈속 내 사타구니에 뭉클 밤꽃이 피었다 대처로 가야 한다 대처로, 여름 내내 수제비를 뜨던 어머니의 국자 끝을 따라가면 여드름 자국처럼 북극성이 박혀 있었다

2

방아쇠 잘못 당기고 도망쳤다 영창 대신 월남에 간 형, 먼 남쪽 십자성 아래 메콩 강가에서 장남답게 꼬박꼬박 집안 걱정을 했다 유난히 긴 장마로 그해 우리 집은 내내 눅눅했다 아오자이 자락에 친친 감겼던 걸까 형은 끝내 귀국선을 타지 않았다 육사 수석이면 별 서너 개는 떼놓은 당상이라던, 면내 자자한 소문 귓등으로 흘렸다 장전되어 있는 줄도 모르고 제 머리통에 격발 확인한 똥별이었다 좌표가 지워졌다

3

이정표를 잃고 자주 길을 놓쳤다 이 핑계 저 핑계 핑계는 잔별보다 많아 하늘 한 번 올려보지 않았다 대낮에도 머리 위에

별이 빛난다는 걸 까막눈 나만 까맣게 몰랐다 먼동 트면 지는 줄 알았던 샛별이 초저녁 서산마루의 개밥바라기라는 걸 다 저녁에야 알았다 장대처럼 크면 어른만 되면 망태 가득 따 담을 줄 알았던 별…… 검둥개 밥 주라고 개밥바라기는 뜬다

4

별이 지고 날이 밝기를 기다려 동사무소 문화센터에 갔다 무료로 시간을 죽였다 오늘도 코드를 못 맞추고 더듬거렸다 저 별은 나의 별 저 별은 너의 별, 수십 수백 번 고쳐 불러도 이제 세상 그 어디에도 내 별은 없었다 별이 지니 꿈도 졌다 한번 가면 영영 끝장인 것이 별똥별만이 아니었다 사라진 새벽잠에 물리게 별 구경이나 하는, 별 볼 일 없는 나날이다

핑계

토끼몰이 끝났다는 건가
고꾸라져 죽은 듯 숨도 못 쉬는 놈의 눈은 왜 찔러
눈물은 왜 뽑아

쪼그라들어 변변찮으니
글쎄 더 이상 사내구실 못하겠다 싶은 건가
가장 대접 안 해주겠단 말인가

석별,
그래 평생 욕봤다 건네는 이별주 매정하게 어떻게 거절해
삼십 년 껴입었던 옷 벗어주고 와 덜덜 떠는 놈
왜 또 벗긴다고 눈은 찔러

뭐, 넥타이 풀려다 손이 미끄러졌다고?
아무리 둘러대도 분명 미필적 고의야!
완경完經이란 위로가 아무리 못마땅했어도 그렇지, 그래
멈추지 않는 이 눈물 어쩔 건데?

뽈깡

거품 물고 번번이
세상 탓으로 돌리면 속이 불편해진다는 얘기

들어가 반드시 물부터 내리던 그녀
창밖에 눈길 주며 나직이
노천명의 '이름 없는 여인이 되어'를 읊조리던
중학교 2학년 적 그 처녀 선생님만큼은 아니어도
안 먹고 안 쌀 것 같던
이십 년째 방귀 같은 건 더러워 안 뀌던

압력밥솥 딸랑거리고 냄비뚜껑 들썩거려
그녀 미처 내 헛기침 못 들었다는 얘기
못 참겠다 북북거린다 더 이상
거북한 속내 감추지 않겠다 뽕뽕댄다
빵빵 시도 때도 없는 내 허풍에
부글거리는 속내 숨기지 않겠다 맞불이다

생똥 싼다
나라도 용을 써야지, 꾸역꾸역 몇 술 더 욱여넣은 게다
속 빈 남편에 철 안 든 자식 놈이 무거워 그녀
뽈깡, 용쓴다

뒤

염치없을 적마다
민망한 손 받아주던 뒤통수 덕분이다
입사동기들 죄 과장 팀장으로 앞세우고
정년까지 버티는 것,
유년을 다독여주던 뒤란 덕이다

스크럼 뒤로 숨곤 했다
최루탄이 눈총보다 매워서
박달곤봉이 머리통 박살낼 것만 같아서
앞에 나설 엄두 내지 못했다
터지는 코피의 서늘함도
이마를 씻겨주는 바람의 단내도
모르는 척했다

낼모레면 정년퇴직,
이젠 익숙한 뒷전도 비워줘야 할 텐데
밤 깊도록 부스럭거리는 나를
아내가 잠꼬대처럼 돌아눕는다
아무 걱정 마라는 듯
등 돌려 뒤 세워준다

거울에도 비춰지지 않는 뒤편에 살았다
단 한 번도
세상의 페이스메이커가 되어주지 못한 채
실컷 남의 등이나 바라보며

허공의 길

네 살이다
장롱 반짇고리 속 실타래를 헝클던

울 너머 장다리꽃 활짝 핀 텃밭에 갔나, 울어도
울어도 보이지 않는 엄마 찾아
선잠 깨 나풀나풀 마음이 먼저 앞장서던
날갯짓이다

발 딛는 곳마다 길인데
눈 가는 곳마다 꽃인데
한 올 명주바람에 갈팡질팡
꺼질 듯 고꾸라질 듯 헤맨다
한없이 가벼운 길을
끝없이 무겁게 간다
엉킨 날개 접어버리고 싶은
꼬인 발목 잘라버리고 싶은

있으나 없는 없으나 분명한
저 길
행여 돌아오는 길 놓칠세라 실타래 풀며 풀며
장다리꽃밭 엄마 찾아 가는 네 살

잠에 취한

꽃에 취한 나비 한 마리

고치 짓던 기억인 듯 비틀나풀

허공 간다

2부
들보 빼내 서까래 얹고

공친 날

가을비는 내복 한 벌이라더니
내리 사흘째 추적거리는 저녁,
춥다
자식들 멀리 집 비우고
설거지 밀쳐놓고 아내는 돌아오지 않는다

골목으로 낸 쪽창에
가로등 불빛이 번진다

발목 잡힌 사내

꽁꽁 묶여 있다
순록 떼와 초원을 떠돌다가
8월이면 서타가야*로 올라가던 그가
9월 다 가도록 발목 잡혀 있다
홉스굴 호숫가 타이가 숲에서
순록의 뒤를 따르며 살던 둥징**
기약 없는 길손을 기다리며 주저앉아 있다
겨울이 오기 전 돌아가던 서타가야로
순록 떼 내빼지 못하도록
긴 뿔에 뒷다리 묶어두었다
찰칵 찰칵 사진 몇 장 찍어댈
관광객을 기다리고 있다
퉤 퉤, 침 발라 달러 몇 장 세고 싶어
무리들 다 떠난 호숫가에서
다리 묶인 짐승처럼 오도가도 못 하고 있다
네모난 화면에 갇혀
제 발목 제가 잡고 있다

---

*타이가 숲 북쪽 산악지역
**순록을 치며 사는 몽골 차탕족 사내

미로

툭하면 실이 끊겼다 혀 짧은 내 말투처럼

고래를 본 적 없었다 괴물 미노타우로스 아니 사람 얼굴을 한
고래가 있다는 걸 까맣게 몰랐다

맨발로 뛰쳐나온 뒤란

북녘으로 가는 비행기에서 한 올 명주실이 풀린다 칠 년 전
나도 저렇게 실타래 풀며 왔다 산 첩첩 진안鎭安 길은 구불구불
어지러웠다 미노스 왕의 미궁 같았다

언니들 몰래 앉아보던 미싱, 급한 마음 탓일까 시다 딱지를
떼고도 자주 발이 꼬였다

눈앞 깜깜하거든 살다가 한 치 앞 분간 못하겠거든 따라 오
렴, 길을 잃을 줄 어찌 알고 엄마는 아리아드네가 테세우스에게
실꾸리를 건네듯 꽁무니에 실낱을 묶어 두었을까

꼬박꼬박 월급 받아 어디 짱박냐, 고래고래 악다구 쓰던 늙은
고래가 잠이 들었나 잠잠해졌다 비행기 사라진 하늘에 비행운
이 또렷하다 저 실마리를 따라가면 캄퐁참일까

엄마는 내가 보낸 토막실 몇 올로 오늘도 터진 솔기나 깁고 있
을 텐데, 주섬주섬 머리에 얹은 실밥을 암만 이어 붙여도 한 꾸리

는 턱도 없다 오늘따라 금세 퍼져버린 비행운이 뜬구름 같다

장대비를 가르는 법

처마 밑이 순간 환하다

활처럼 둥그렇게 등줄기를 당기던 고양이
튕겨 나간다
쏜살이다
어둠을 쏘던 눈빛이
장대비를 가른다

당길수록 더 재고 더 멀리 날아가는 법
스스로 터득했던 거다
살촉처럼 꽂히는 빗발 속으로
말았던 제 몸뚱이를 놓는다

빗발을 뚫는 저 안간힘은
등골 깊숙이 메워진 막막함이다 웅크린
제 등이다

번개와 우레 사이
과녁을 확인한 고양이가 시위를 박찬다
기다렸다는 듯 또다시 장대 쪼개지는 소리
우르릉 콰쾅!

처마 밑,

번개보다 빠르게 사내가 웅크린다 뻑뻑

젖은 담배를 빤다

너훈아

베꼈다
고수머리에 전매특허 실없는 눈웃음, 간드러지게 꺾어 넘기
는 창법까지 전략적으로 허술하게
　머나먼 남쪽 하늘 아래 그리운 고향 돌담길 돌아서면, 따라가
물레방아를 돌렸다

짝퉁!
원판보다 더 원판 같아야지
덜 떨어진 놈, 수없이 수염을 뽑았다
아무도 찾지 않는 바람 부는 언덕의 이름 모를 잡초처럼 밟혔다

'나'와 '너' 첫눈에만 긴가민가 쏙 빼닮게
　내 쪽박 내가 깨지 않게, 영영 원본과 헛갈리지 않게, 송충이
눈썹 안 그린 건 완벽한 내 전술

벨트 풀고 고마 딱 오 분만 비주겠심더 아니 다섯 번만 간곡히
말씀 올리겠심더 칠순 팔순 가리지 않고 무시로 달려갈랍니더
　글마는 페이스메이커라예 진짜, 제가 진짜 너훈아입니더

순대

간 쓸개 다 빼내서일까, 늘 허기다 빈속에 지범거리는 반쪽
생마늘 아리다 꿔다가도 한다는 소한 추위보다 맵다

죽어도 먹어야 한다는 듯 한번 먹은 건 절대 싸지도 게우지도
않겠단 다짐인 듯 터지게 밀어 넣고 주둥이 똥구멍 꽉 동여맨
순대

짠 새우젓국 찍어 한입 우물거린다
팔뚝 걷고 제 피 뽑아먹은 허삼관처럼 빈창자 채우려 제 먹을
따 콸콸 더운 피를 쏟았을 돼지,

볶은 간 한 접시에 데운 황주 두 냥, 아니 덤으로 얹은 삶은
간 두어 점에 한 잔 소주로 꾸역꾸역 피를 만드는 퇴근길

들보 빼내 서까래 얹고 서까래 걷어 들보 지르고 이달에만
언 발에 눈 오줌이 벌써 두 번, 목도리 없는 목이 허전해 넥타
이 고쳐 맨다 풀어진 구두끈 다시 묶는다

취하지는 않고 무심결에 베어 문 청양고추가, 맵다 이런 돼지
같이

귀소歸巢

강물 위로 날아간다
개밥바라기 등대 삼아 간다
지상의 불빛에 비친 검은 죽지,
그을음을 지우려 먹먹한 날갯짓으로 서둘러
제 몸을 친다

털어낸 검댕이 번지는 허공
둥지 속으로 들어가
신발에 묻은 어스름 털듯
죽지에 남은 그을음을 지울 터
두런두런 불을 켜고
무거운 외투 벗듯 날개를 접을 터

온종일 흘러온 강물도 발을 씻는 저녁
골목 안 가로등이
발등의 그림자 다 지울 때까지
그는 무명이불인 듯 하늘을 끌어당길 것이다
이슬을 피할 것이다

치킨게임

겁쟁이는 살아도 죽는다 핸들 움켜쥐고 맞받아쳐야 죽어도 살아남는다

프라이드 반 양념 반, 사이좋게 반반 나눠 먹을 골목 아닌데
어떤 새대가리가 길 건너 코앞에 또 치킨집을 개업했다 개업
발 채 끝나기 전이다
둥우리 계란 주워 담듯 세상의 쩐 쓸어 담을 줄 알았는데,

빈 멍석 헤적이며 구구거리다 낙곡이라도 줍겠다고 종종걸음
친다
볏을 쪼아버릴 테다! 똥개 오줌 갈기듯 전봇대에 담벼락에 전
단지를 붙인다 네 모가지 못 비틀면 내 숨통 끊긴다 '신장개업'
광고지 위에 '1+1'을 도배한다

둘 다 죽는 싸움이다 멀쩡한 날개 달고 날지도 못하는 새들의
전쟁이다
피 튀기며 쪼아봤자 겨우, 닭싸움이다

호모 나이트쿠스*

양계장을 대낮처럼 밝힌 후, 우리는 단잠에 들지 못했다 잠 깨워주지 못할 새벽닭 걱정 때문이었다

졸린 눈을 부비며 하루 한 알씩 알을 뽑아내는 그 쏠쏠한 재미를 터득하고부터 더 이상 꿈은 없었다 내일은 없었다(잠을 자야 꿈을 꾸지 아니 내일이 오지)

어둠을 몰아내자 하늘의 별도 종적을 감추었다 붙박이별이 사라진 뒤 이정표를 잃고 부평초처럼 떠돌았다

여우 난 골 도깨비 이야기쯤 아무렇지도 않게 잊어줬다 부릅뜬 가로등 아래 넝쿨장미가 꽃 피우지 못하자, 골목에는 연애도 시들해졌다

씨 없는 알을 낳은 닭이 울지 않는 대낮 같은 새벽, 닭의 씨가 마를세라 우리들은 더욱 허기졌다

세상에 코 베일세라 잠들지 못했다

---

*심야형 인간

불문율

괘씸하기 짝이 없다
하루 삼백 명씩 들라 축수한 사천짜리 삼백분식을
단돈 삼백에 땡치면서
입에 발린 위로 한마디 없다
당신네 네 식구는 주체 못할 이 많은 밥숟가락
그릇 식탁 씽크대 냉장고
나 말고 누가 처리해 주겠소, 생색을 내나
인정머리 고약하다
대가리가 문드러져도 빠지지 않는
쾅 쾅 때려 박은 간판의 대못을 빼내면서
천만 년 해먹을 줄 알았나, 분명 꿍얼거렸을 그가
꿀 먹은 벙어리다
칼국수집이 진짜 마지막이다, 칼 갈았던 내게
땡땡땡 당신은 끝났소, 소리 없이 종을 친다
너무 쪽팔려 하지 마라, 적선하듯
출입문에 '내부 수리 중'이라 써 붙인다
백수로 되돌아가는 내게 노잣돈인양 삼백을 쥐어주며
칼국수 물 말아먹은 사연 묻지 않는다
빤한 변명 들으나 마나 하다는 건가, 제길
입도 뻥끗 않는다

적막

못을 쳤다 냇바닥에 박혀 있다 겹겹 노을을 껴입은 박제다

눈 코 귀 활짝, 몸뚱이 죄 열어 놓고 지상의 복판에 서 있다 금시라도 시위를 박찰 듯 꼿꼿하다

행여 깃털 흘릴세라 살내 샐세라 단단히 조인 저 한 개 살촉, 살여울에 죄어드는 발목쯤 애저녁 잊은 거다

송장인 듯 못 박힌 잿빛 적막 한 마리, 제 숨통 틀어쥐고 과녁 밖의 과녁을 겨누고 있다 바들바들 시위를 견디고 있다

냇물에 얼비친 산 그림자 속, 뻐꾹 뻐뻐꾹 어디로 귀띔을 넣는 건지 오금 저린 뻐꾸기 울음 이따금 영을 넘는다

밥숟가락 놓치듯 툭 떨어지는 해, 핏빛 노을, 왜가리 희미하게 어깨 추스른다

독작獨酌

툇마루에 제 긴 그림자 주저앉혔다

새털구름은 오늘도 오래 머물렀고

뒤꼍 팽나무 가지에 까치 몇 마리 건성 울다 갔다

적적하셨겠네, 목이나 축이시게

고래사냥

아빠, 아빠 잡아온 사람이 그린 거야 잡으러 가고 싶었던 사람이 그린 거야, 들어앉아 제 숙제나 봐주고 있던 내게 대곡천 반구대 암각화를 물었다

세탁기 속 빨래 엉킨 듯 청소기 코드 꼬인 듯 내내 풀리지 않았다 동아세계대백과사전에도 나오지 않는 답 쉽사리 찾을 수 없었다

이빨 사이 멸치 뼈 뽑아 피나게 절벽을 팠을 거야, 장승포 앞 큰 바다에 나가 집채만 한 고래 등에 작살 꽂고 싶은 팔다리 어디 부러진 어느 병신 애비가 새겼을 거야, 답해 줄 수 없었다

고래 잡아 오겠다고 큰소리 뻥뻥 노량진 큰물에 간 놈이 짐 싸들고 내려왔다 서른 살 그 꼬맹이가 십 년 세월 허공에 새겼을 고래 한 마리, 너끈히 수천 년은 살아남을 한 마리 고래

후련하게 대답해주지 못한 이십 년 전의 숙제, 놈은 기특하게 스스로 풀었다

등

돌아가 식솔 앞에
쌀 한 말 부릴 수 없는 가장의
저, 흰 등

빈 지게가 더 무겁다

숨

없는 친정에 못 가고
바당에 갔다
젖먹이 둘러업듯 허리에 납추를 둘렀다
외삼촌뻘 서방 무서워 숨 막혔다 막힌
오목가슴 뚫으려 숨, 참았다
빗나가는 빗창질로 나이테를 새겼다

쓰러지는 쪽으로 자전거 핸들을 꺾던
주정뱅이 서방처럼 막힐수록 더 오래 참았다
물숨 쉬면 끝장이다 속다짐 때문일까 언제나
망사리는 반 너머 비어 있었다

젖 돌은 적 없다
칠성판 짊어지고 용궁에 들어가
저승 돈 빌어다 이승에서 썼다
물 아래 삼십 년 물 우이 삼십 년,
외양간 아닌 소섬에 갇혀
소가 되어버린 여자

평생 참아온 숨 이제야 터진 걸까
네모난 텔레비전 속이 답답한 걸까

빈 입을 곱씹으며 절레절레 워낭을 흔든다
쌕쌕 가르랑거린다

축제

　김 계장 밥맛이 꿀맛이다
　시장님 개회사에 환호하듯 의장님 축사에 박수 치듯 때맞춰 살살거려 줄 코스모스 생각에 절로, 입맛이 돈다

　지평선보다 까마득한 사백 리 꽃길 가꾸느라 까짓 휴일쯤 반납한 지 오래
　웃자란 꽃모가지 쳐 키 맞추고 철없이 피어나는 발딱 까진 놈 추비追肥로 다스렸다 잡초 뽑고 꽃가지 벌게 제때 적심摘心했다
　부쩍 대거리가 잦은 중3 큰놈은 뒷전, 백배 더 공들였다

　오직 그날, 조화롭게 만발해야 한다 허수아비 어깨 위로 참새 떼 날아올라야 하고 들머리 수수도 질서 있게 머리 조아려야 한다 여름 한철 절절맸다

　닷새 후 우주적으로 살랑거릴 코스모스처럼 시장님 얼굴 활짝, 필 것이다
　농학과 출신 김 계장 늦배운 담배가 달다

3부
기러기 줄지어
사람 人자 쓰듯

꽃잠

항구에 무적霧笛이 운다

사락사락, 가위에 잘린 생각을 이어붙일 수 없다 아스라이 멀어지는 뱃고동 소리

등대이발관 낡은 의자에 누워 안개의 휘장을 헤친다 소라 귀를 하고 옛 소녀의 안부인 듯 파도소리를 모은다

입안 가득 고여 있던 물비린내 온몸을 휘감는다 *저, 저 막배를 타야*……

잠꼬대처럼 소녀가 우물거린다 이따금 바람이 창문을 흔들고 간다 주전자 뚜껑이 풀썩거린다 나는 나를 깨울 수 없다

서울여인숙 형광등불이 반토막이었기 때문일까? 시절도 반만 유효하다

부서지는 포말, 벼린 면도날에서 푸른 피가 번진다 어렴풋이 어깨를 흔드는 무적

불 꺼진 등대, 여전히 나는 이 항구의 출구가 오리무중이다

담장

켜켜이 얹어놓은 무심의 돌멩이 그만 내려놓으시기를 봉숭아 꽃물들이듯 까치발 서는 심사에 젖어들기를 이제 깨진 병조각 걷어내시고, 한 뼘쯤 낮아질 담벼락 위로 기어오르는 자꾸만 헛손질 그 넌출에 손 내밀어 주시기를

굳이 둘러치시려거든 수줍은 듯 피어날 꽃담으로 두르시길 발그레 물든 그대 훔쳐볼 수 있게 구멍담 쌓으시길 끝내 내외하시려거든 무시로 헛기침으로나 드나들 수 있게, 사흘 굶은 도둑보다 허기진 마음만 훌쩍 뛰어 넘을 수 있게 헛담 치시기를

행여 그대를 맴도는 발자국 쌓이고 쌓여 그 담장 더 높아지지 않기를 얽히고설킨 발자국이 그대를 가두는 건 아니기를, 그대 이제 그만 담墻 허물고 도란도란 담談 둘러 주시기를

빨래터

앞집 아낙 꿍얼거렸다 땟국 절은 서방 사리마다를 엎었다 뒤집었다 박달방망이가 부러져라 팼다 갓 시집온 뒷집 새댁 못 들은 척, 돌아앉아 꽃물 든 속곳만 조물조물 주물렀다 한겨울에도 모락모락 김이 솟던 우물가, 청기와집 청상과부 오촌 오라비 얘기도 소리소문없이 삼동네에 퍼져나갔다 멀건 대낮 온 동네 베갯밑공사에 애꿎은 방망이만 퍼렇게 멍이 들었다 찬물에 담근 손가락은 구부러지지도 않았다

아 아, 주민 여러분 밤이 깊었습니다 조용히들 합시다 활짝 문 열어놓고 사는 삼복 아닙니까? 거시기, 새벽같이 일어나는 가장에 잠귀 밝은 어르신들 통사정하십니다 제발 밤늦게 빨지 맙시다 세탁기 돌리지 맙시다 조물조물 주무르지도 맙시다 선잠 깬 관리실 스피커 끌끌 혀 차는 소리에, 덜렁덜렁 빤쓰만 찬 복지아파트 사내들 베란다 문 서둘러 닫는다 덩달아 집적거린다

못

액자 속에 가두고 싶었네
그대 맨 처음 내 안에 들어오던 날
마음 벽에 걸어두고 싶어
새가슴을 쓸며 조바심 쳤네

단단히 빗장 지르고 한사코
튕겨내던 그대,
단호한 거부에 작신 허리가 꺾였네
번번이 헛방 질러
열 손가락 생인손 앓았네

못 본 척 질끈 감은 외면에
속절없이 가슴벽을 치며 나는
피멍 들었네
뒤통수 욱신거렸네

녹슬고 구부러진 몸뚱이 하나로 견딘
평생이었네
몸 뺀 자리 퀭한 눈물 자국이네
녹물이 붉네

젖

허릿말기 여미듯 꽁꽁 싸매던 가슴, 풀었다

헤라의 젖이 넘쳐흘러 은하수가 되었듯이 후크를 풀고 브래
지어를 벗는다는 건 우주적인 일
　영원히 마르지 않을 시냇물 하나 흘리는 일

감옥에 갇혀 굶어 죽어가는 아비에게 제 젖을 물렸다는 로마
의 페로가 생각나는 이른 아침
　지난 봄 함박꽃 속에 몸 푼 누이 또래의 그녀가 자꾸 넘실거
린다

공복 때문일까?
　종종걸음을 따라붙는 산책길이 절로 허기지다 잠덧에 더듬더
듬 입에 물었을 젊은 어머니의 젖이 아른거린다 풀숲 이슬이 바
짓가랑이를 적신다

노브라 활보,
　달포 마른장마에 밭아버린 전주천도 퉁퉁 젖이 돌겠다 피라
미도 버들치도 간만에 포식하겠다

의자

그는 궁둥이가 저리고 목이 타고
그녀는 다리가 아프고 오줌이 마렵고

남의 다리 꼬집으며 그는 절룩
절룩거리고, 그녀는
화장실 변기 위에 주저앉고 싶고

종아리 알밴 그녀가 내린 쓴 커피를
아랫도리 밭은 그가 마시고

해종일 서 있는 휴게소 박꽃 같은 그녀는
세상이 온통 똬리로 보이고
밤새워 화물차에 궁둥짝 깔고 앉은
면벽 수도승 같은 그는
세상이 죄 바늘방석으로 보이고

콧잔등에 침 바르며 커피를 마시며 그는
오래오래 서 있고만 싶고
동동 발을 구르며 장딴지 거머리를 떼며
그녀는 실없는 발등 위라도, 풀썩
꺼지고만 싶고

피서 2

효자교 아래 늙다리들 삼삼오오 삼복을 난다
투닥투닥 화투 패를 돌린다
잔 받아라, 장 받아라
소주잔 주고받는다 장군하면 멍군, 우렁우렁 맞받아친다
염소 뿔처럼 녹아내리는 꼭지
잔칫집 차일遮日 같은 다리 밑에서 식힌다

한여름 늙다리들 다리 밑에 꼬이는 건
지짐지짐 부침개를 뒤집는 꼬순내 때문이다
오백 원짜리 봉다리 커피가 풍기는 분내 때문이다 아니
칠십 년도 넘은 효자다리가, 폭삭
주저앉을지도 몰라 간담 서늘하기 때문이다

섬벽

물결을 갈랐지 도루코로 긋듯 보트가 지나갔지
자꾸만 피가 솟는지 호수는 그 흔적, 쉽사리 지우지 못했지

바람도 없이 누운 건 갈대였을까, 그날
후두두 봄비는 내 뺨을 마구 갈겼지
나를 지나간 게 보트였니? 아무렇지 않은 척 넌 내게 물었으나

입가에 살구비누 거품 가득 풀었지
호숫가에 와 닿은 물결은 철썩철썩 한참을 쿨렁거렸지

면도날이 그어버린 거울 속 아침이 붉게 번지지, 아무리 눌러도
너는 자꾸 솟아오르지
보트 지난 자리 지우지 못하던 호수처럼
나 섬벅거리지

립스틱 바르는 여자

입술을 칠한다 빨갛게
교차로 신호등 앞에 멈춰 선 그녀
룸미러 속에 낯선 여자를 그려 넣는다

새벽같이 주방 안방 건넌방 종종대며
조잘거리던 입
말갛게 닦고 싶은 걸까
아침이슬에 부리를 닦는 새처럼
입술 촉촉하게 적신다

미소까지 방긋, 그려 넣은 그녀
유아원 앞 칭얼대던 아이 볼에 뽀뽀하듯
출근부에 사인하듯
새하얀 티슈에 꾸욱 입술 도장을 찍는다
채 못 말린 머리깃 연신 헤적인다

남전주전화국 네거리,
오늘따라 유난히 긴 빨강 신호등을 콕콕
찍어 바른 그녀
푸른 하늘로 가속페달을 밟는다
포르릉

붉다

종알종알 우물가 앵두가 익어갈 유월 초, 풋것은 분명 아니다 작년 것만 못해도 막 솟아오르는 햇덩이다 돌돌돌 돌려 깎는 할배, 껍질이 세내 산책길로 이어진다

아유— 세상 참 좋으네! 제철이 따로 없다니깐! 할매의 콧소리가 채 지지 못한 영산홍 꽃잎이다 마주앉아 쪼개 먹는 반쪽, 애교점일까 입가의 까만 씨

검버섯 좀 피었어도 때깔 참 곱네그려, 호호 사과마냥 고와요? 깎인 껍질보다 긴 속닥거림 엿들었을 벤치 뒤 나팔꽃, 무얼 불고 싶은지 자꾸만 두 손을 모아 입으로 가져간다

감쪽같이, 주머니칼 접어 넣듯 탈탈 털고 일어서는 할배의 자전거 바퀴살에 햇살 냅다 부시다 넬은 절대로 안 늦을게요, 분내 폴폴 할매 볼에 아침놀 붉다

비목동행比目同行

오른쪽이 젖는, 네 반쪽을 내가 젖는

외눈박이 너의 오른쪽을 외눈박이 내 왼쪽으로 바라보는, 내 오른손등 위에 살포시 네 왼손바닥이 얹히는

발아래는 네가 보고 길 건너는 내가 보자는 더, 더 가까이 들어오라 가만 젖은 어깨 감싸 안는 파고들며 다숩게 허리를 감는

반씩 어깨를 포개고 한지붕 아래 들어서는 한우산 쓰기

생각만으로도 젖은 반쪽이 고슬고슬해지는 봄밤, 쑥국쑥국 내 어깨 받아 줄 지게작대기 같은 너

납작 엎드려 칠흑 바다 속을 기어도, 환할

사람 人자 쓰듯

기러기 줄지어 사람 人자 쓰듯 갑니다

여드레 반달이 구름 사이로 발길을 재촉하네요 하루를 살아
도 사람같이 살아야…… 혼잣말 점드락 피를 말립니다

쇳내 나는 작두샘에 한 바가지 마중물을 붓듯 마을버스 정류
장에 나섭니다
어둠 속에 놓쳐버린 제 그림자 찾느라 여태 밥값 못한 걸까요?

허청허청 돌아올 어깨에 작대기 받쳐주렵니다 사람 人자 쓰
듯, 그래요 찬 손등 위에 손 포개렵니다

무서리 칠 것 같은 하늘에 기러기 떼가 길을 묻습니다 묻어둔
밥주발 복주개 열어 줘야 할 식구들, 감감하네요
가을밤이 섬닷합니다

노크

1
내 안에 계신 줄
문밖의 나 이미 알고 있었습니다

똑똑, 두드릴까
두근두근 조바심을 치다가
똑 똑 똑, 온종일 그대 집 앞 서성이며
발자국만 찍었습니다

2
허락도 없이 마음에 담은 나를
와락 돌려세우지는 않고 듣는 가을비였습니다
끝내 고백 못한 채 돌아서는
소심한 귓가에 맴도는
똑 똑 똑
그대 처마 끝 낙수 소리였습니다

나비

바람에 찢긴 날개가 무겁다
봄밤을 건너는 그녀
구겨진 몸뚱이 펼치려 팔랑거린다
오랜 습관처럼

발에 꼭 맞는 신발이
가쁜 숨을 몰아쉬며, 헐떡거린다
재촉하는 왼발을 에둘러 오른발이 너풀
날갯짓을 한다

찢긴 날개 때문일까
풀 먹인 듯 빳빳한 반쪽이
투덜거린다
저만치 앞서간 마음이 채근하는지
양팔 겨드랑이에 올려붙이고 바람풍
허공에 길을 낸다
속수무책 흩날리는 꽃비에 젖는다

첫 날갯짓인 듯 그녀
문학초등학교 운동장에 팔랑, 팔랑거린다
구겨진 봄밤을 다림질한다

반짝

동전을 주웠나? 머리에 꽂아줄 풀꽃을 땄나?

무언가 줍는 김 씨 안색이 영, 항암치료 중이라는 소문 사실
이었던 모양이다 흘금 스치는데, 적막해 데려왔다던 외손녀 유
아원 바래주듯 주워든 지렁이를 산책로 풀숲에 데려다주는 거
였다

간밤에 바뀌었을지도 모를 생명선을 살폈나? 받쳐 든 손바닥
을 한참 들여다보더니, 가만 놓아주었다 댓 걸음 더 떼던 그가
말라비틀어진 토막을 묵념하듯 내려다보는 거였다

에이 맨손으로 지렁이를…… 징그럽다 생각할 틈도 없이 민
망해 벗어든 모자 때문에 들통 난 그의 민머리가, 아침 햇살에
반짝거렸다 세상이 환했다

목어

감을수록 더 아른거리는 법
닿을 듯 닿을 듯 손닿지 않는 등 뒤가 더욱, 안타까운 법

잎 가버린 뒤 번쩍 피는 일주문 밖 상사화
감았던 눈 다시 뜨는 것이다 그만 잊자, 부릅뜨는 것이다

떨군 고개 들어 목젖에 걸린 낮달을 삼키는
돌탑 뒤 저 사미니
눈물 감추는 게 아니다 어룽어룽 자꾸만 따라붙는 그림자
산문 밖으로 밀어내는 거다

눈 감으면 다시 또렷해
위봉사 목어는 스스로 제 눈꺼풀을 잘라버렸다

풀 농사

금년엔 또 뭔 풀을 심을랑가,
　귀선이가 이랑에 둔전거린다 밑거름 비료를 뿌리던 아래 밭
이장님 트랙터를 세우고 농을 건다
　그러게요 어르신 뭐시 좋것어요,

그끄러께 호박고구마 두어 포대, 그러께 희나리 고추 열댓
근, 작년에는 들깨 댓 됫박에 마지기반 주산 황토밭 무성한 깻잎
향만
　백 리 밖 전주까지 넘쳤다

개구락지가 잠 깬당게 자네도 밭 갈러 왔는가? 고랑처럼 긴
　빈정거림 못들은 척 아직 쭉정이 들깨 냄새 살랑거리는 두둑
에 코를 박는다 콕 콕 쇠스랑으로 냉이를
　꼭 육 년 근 인삼처럼 캔다

우북하게 잡초만 키우등만 글씨 뭐 먹고 살았으까이……
　이장님 구시렁 너머로 귀농 사 년 차 귀선이네 밭에 살랑살랑
봄바람 분다 제초제 한 번 안 친
　냉이가 풍년이다

야단법석

삼천사 큰스님 경매대사의 입은 참외 꼭지처럼 쓰겠네

법문소리에 먼동이 트네 쇠귀 같은 내 귀로는 십 년을 들어도 웅얼웅얼 법화경 한 토막 화엄경 한 구절 짐작도 못하겠네 어느 새벽에 왔는지 소매사 작은 스님 노점암 행자 스님 한마디도 놓치지 않으려 코끼리 귀를 팔랑거리네 만세루 아래 진설해 둔 수박 참외 오이 호박 가지 토마토, 염주처럼 눈알을 굴리며 주판을 놓네 제법 귀가 뜨인 척 주억거리는 쌍과붓집 보살도 새우젓 냄새 풍길세라 멈칫거리던 순댓집 처사도 한 발짝 더, 바짝 다가서네

눈이 오시나 비가 오시나 설법 거르지 않는, 비싸게 팔아주고 헐하게 사주는 삼천사 주지 경매대사 똥에서는 사리처럼 수박 씨도 몇 개 나오겠네

4부
잘 익은 감빛 전등불은

저녁연기

사람의 마을에 땅거미 내려와
동구 밖에 서성거린다 아직 돌아오지 않은 식구를 기다리나,

어머니는 머릿수건 벗어 어깨에 묻은 검불 같은 어스름을 탈
탈 털었다
가마솥에 햅쌀 씻어 안쳤다 모락모락 연기 피워 올렸다
시월 찬 구들장을 덥혔다

워 워, 외양간에 누렁이를 들이고 아버지는
꼬투리 실한 콩대 몇 줌을 어둔 작두에 욱여넣었다 쇠죽을 쑤
었다
산달이 가까워진 소, 푸우 푸 콧김을 뿜으며 워낭을 흔들었다

어스름처럼 고샅에 밥내가 깔리면 어슬렁, 들고양이가 기웃
거리곤 했다
솎아온 텃밭 무로 생채를 무친 어머니
아버지 밥사발에 다독다독 고봉밥을 올렸다
졸을 텐디, 두런두런 남은 국솥의 잔불을 다독였다

아무 집이나 사립을 밀면, 막 봐놓은 두레밥상을 내올 것만
같은 저물녘

들어가 둘러앉고 싶은 마음 굴뚝같다

컹컹 낯선 사내를 짖는 검둥개가 금방이라도 달려 나와

바짓가랑이에 코를 묻을 것만 같다

잘 익은 감빛 전등불은 옛일인 듯 깜박거리고

저녁연기 굴풋하다

다람쥐 육아법 2

돈, 돈 좀 주라,
하루걸러 보채던 망구望九 어머니
평생 지지고 볶은 영감도 모르는 아저씨라면서
용케도 내 전화번호는 잊지 않았지
아니, 먹을 것 입을 것 다 사주는데 참,
이제 나도 돈 없어요 이거 열흘은 써야 돼요 꼭요,
오만 짜증에 오만 원 십만 원 쥐어주면
사흘이면 다 썼다고 간밤에 도둑놈이 싸그리 훔쳐갔다고
다람쥐처럼 볼주머니 불며 삐지고 억지 부렸지
삼 년 넘게 용돈 다 털렸지

요양병원에서도 돈, 돈, 돈을 밝혔는데
막내가 곡간 뒤주에서 백오십이만 원, 누이가 장롱 헌옷 주머
니에서 구십칠만 원, 찬장 녹슬어 가는 밥통 속에서 아내가 오십
구만 원
장판 밑, 베개 속,
돌돌 말아 노랑 고무줄로 친친 동여맨 토실토실 알밤이었다

신발

생목이 오르도록 고구마를 깎았다 방학 때면 내려오던 대학생 형, 뒤춤에 선데이서울을 꽂고 기와집 머슴방에 갔다 앞코 까진 구두를 끌고 가 홀아비 냄새에 절며 두부 추렴 나이롱뽕을 쳤다 호롱불에 콧구멍 그을리며 메주처럼 떴다 쫄래쫄래 따라붙던 코흘리개 한사코 떼어냈다 나는 문풍지마냥 파르르 떨며 문틈으로 새어나오는 파란대문 집 정례 누님 얘기를 토막토막 주워들었다 끊겼다 이어졌다 감질이 나면 뒤축 꺾인 형의 구두 짝을 개집 앞에 던져버렸다 카악 퉤, 애먼 똥개를 걷어찼다 한 짝은 마루 밑 돌돌 말린 멍석 틈에 끼워놓았었다

꽁꽁 숨겨 둔 구두도 용케 찾아 신고 오던 형
오 년 전 잃어버린 신발을 여태 못 찾았는지 돌아오지 않는다
삼천三川에 왜가리 한 마리
장마 통에 신발 한 짝 떠내려갔나, 외발로 서 있다
어둑어둑 돌아갈 줄 모른다

77

유월

뒤꼍 앵두가 장독대 곰삭은 고추장보다 붉다

오디에 버찌에 꿀물 들었다

타작마당의 보리알은 깔끄러워

버찌 먹은 뱁새가 오디 먹은 콩새가 앵두 먹은 직박구리가

검은 똥을 싼다 붉은 똥을 싼다

가랑비나 받아먹던 개미누에가 어느새 소나기를 몰고 온다

조화

복사꽃이 활짝,

이월 매조에 꾀꼬리 운다더니 매화 고목에 참새도 여럿 날아들었다

출가 삼 년, 벌써 득도라도 하셨나 세상 따윈 안중에 없다 어머니 벙근 함박꽃에 눈길 한 번 안 주신다

아자씨는 뉘시다우? 속가의 연 깔끔하게 정리하신다

기찬 조화다

난초지초 온갖 행초 작약 목단에 장미화 죄 피어 있다 창밖엔 난분분 눈발이 흩날리는데

갓난아기로 되돌아간 걸까 틀니 빼 쓰레기통에 버렸더라는 어머니, 태엽 감듯 시간 맞춰 공양하시고 무덕무덕 애기똥풀꽃 활짝 피우신다

쑥고개 아래 연수요양병원 315호실 저, 저 꽃바구니 십 년은 더 걱정 없겠다

장마

지글지글 저 소리 울을 넘을세라
빗줄기는 주구장창
함석지붕을 두드리네
철판에 두른 기름 냄새 새지 못하게
차양은 두어 자쯤 먹장구름을 끌어내리네
댓 잔 낮술에 홀러덩
벗어젖힌 웃통 남세스러울세라
처마 끝 낙수는 치렁치렁 주렴을 치네
어디 손 안 닿는 데가 가려운 걸까,
배배 꼬는 눅진한 콧소리 틀어막느라
천둥은 또 간간이 헛기침을 놓네
헛간의 삽날 낯을 붉히네

풀 먹인 삼베 고의 입은 듯이
사타구니는 언제쯤 고슬고슬해지려나
한 칼 두 칼 부쳐 먹은 월담초
우산 모양 흰 꽃은 또 어느 세월에 피려나
달장 간 젖은 벽이 근심처럼
얼룩을 키우네

발자국 2

1
학교 가지 마라!
사립문 앞에 버티고 서서 질질 짜는 내게
아버지가 고함을 쳤다

후두두두
달포 마른장마 끝에 소나기가,
오리실 천수답 구시통만 한 당신 발자국에
맨 먼저 고였다

여름방학 날이었다

2
옜다 기성회비!
식전 댓바람에 건넛마을 기와집에 다녀온 어머니
이백 원을 꼬옥 쥐고 왔다

백 원짜리 지폐처럼 얇은 첫눈 위에 찍힌
내 발자국보다 작은 당신 발자국
아침햇살이 맨 먼저 지웠다

비린내

날콩 씹는 내, 후두두 한 줄금 소나기가 퍼붓는다 맨땅 흙먼지 뽀얗게 피어오른다 볼때기가 미어져라 몇 모금 동냥젖이나 빤 듯, 달포 가뭄 끝 비알밭 콩꽃도 바짝 고개를 쳐들겠다 빳빳하겠다

강보에 싸인 핏덩이 곁에서 허겁지겁 미역국을 떠 넣던 산방의 어머니, 산혈이었을까 미역이었을까 그 냄새는, 청솔가지 분질러 군불을 넣던 갓 서른의 눈가에 잠시 매운 눈물이 어렸을 성도 싶고

입춘 지나 간고등어 한 손 사들고 온 대처에 품 팔던 아버지, 이른 저녁상을 물리고 고등어 등뼈같은 빈 돼지막 칸살에 탁 탁 못을 쳤다 그날 밤 우리 육 남매는 시루 속 콩나물처럼 늦도록 물을 켰다 달빛에 마루 밑 개밥그릇 눈치 없이 반질거렸다

푸 푸 한나절 빈집 툇마루의 먼지나 불다 와, 사나흘 몸살 끝에 터진 코피처럼 날것들은 왜 죄다 비릴까 문득 이미 늙은 아내가 품에 그리워지는 저녁, 소나기는 쉽게 건너가지 않았으면 싶다

소나기

시루봉 날망을 넘어오는 배지구름 쑥떡쑥떡 베어 먹었다

천둥벌거숭이들 각시바우 귀영치에서 한나절 멱을 감았다

번철처럼 달궈진 자갈밭에 매어두었던 소
물배만 실컷 채운다, 흑염소 영감의 고자질에 소나기가 등짝
을 흠씬 두들겨 팼다

귀청을 찢는 천둥소리에 퍼렇게 질려 우리는 비료푸대를 쓰
고 쪼그렸다

소나기가 물러가길 기다려 각시바우에 납작 달라붙어 겁먹은
입술을 데우곤 했다

말뚝에 매인 채 길길이 날뛰던 잔등에서도 몽실몽실 더운 김
이 솟았다

붉덩물에 둥둥 떠내려 가버린, 푸른 호박뎅이

물안개길*

물푸레 나뭇가지 담근 물만
푸른 줄 알았습니다
옥정호수 아리게 푸르다는 것을
미처 몰랐었습니다

여태껏 바람이
나래산 너머에서 오는 줄 알았습니다
댓잎 끼리끼리 수런거리다 인기척에 뚝
입 다무는 순간 바람이 인다는 걸
대숲에 서 보고야 알았습니다

오솔길 적막하지 않은 건
구구대는 비둘기 소리 아니
바스락 가랑잎 때문인 줄만 알았습니다
뒤를 밟는 임 발자국 까닭인 줄
까맣게 몰랐더랬습니다

외딴집 마당귀 감나무가
까치밥 외등 켜들고, 환하게

---

*임실군 마암면 소재 옥정호변 마실길

세상 밝히는 줄도 오늘에야 알았습니다

두고두고 그리움이 안개처럼 피어오를
겨울 물안개길에 다녀왔습니다

바보 같은 사나이

아편쟁이 아비가 재취로 팔았다는 풍문, 냇가 자갈돌처럼 달 귀지던 어느 해 여름이었다 천렵 아니 기우제였다 양은솥에 됫 병 소주 한 짝, 울내 다리 밑으로 몰려들 갔다 식구나 진배없다 던 황구를 앞세우고 리어카를 따라나선 한수 형,

오빠, 제발 나 좀 어떻게 해버려, 실성을 했던 게지 씨알도 안 멕히던 정님이 고것이 매달리더라고, 휘영청 달은 밝고 비릿한 살 냄새, 아이고 아랫도리 피나게 꼬집었당게 간신히 참았당게, 병신 쥐도 못 먹었어, 자꾸만 카세트를 틀었다

기우제 덕이었을까 주정뱅이 오줌 지리듯 다 저녁에 무심하 던 하늘도 찔끔 먼지잼을 했다 사랑이 빗물 되어 말없이 흘러내 릴 때 사나이는 울었다네 빗물도 울었다네, 황구 목줄을 휘휘 돌 리며 한수 형 선창을 했다 고무신짝을 움켜쥐고 모두 따라 악을 썼던가,

꿈이 깨는지 술이 깨는지 냉수 한 사발 벌컥거리던 환갑 한수 형, 백중 보름달을 올려보며 나훈아의 '바보 같은 사나이'를 웅 얼거린다 대 끊어졌다 대 끊어져, 풍 맞은 입을 자꾸만 비트는 아버지의 늦은 저녁상을 본다

꽃분홍

새색시 양볼에 연지가 번졌다네 발그레 앞산 뒷산 진달래 만
발했다네 맞절하며 훔쳐 본 초례청 스무 살 낯선 낭군 때문이었
다네

휘얼 훨 울 넘어간 무심한 벌 나비 행여 길 잃을세라, 봄날 다
가도록 영산홍 입술 지우지 못했다네 게으른 서방 씨 뿌리지 않
아도 밭두렁에 자운영 잉걸불 해마다 되살아났다네 복사꽃 피
고 졌다네

잊지도 않고 봄이 또 제 발로 찾아 왔네 저녁노을 홀로 빨랫
줄에 걸린 속옷에 얼굴 붉히다 돌아갔네 꽃분홍 꽃잎을 개키는
팔순 노모의 귓불이 열일곱처럼 수줍네

토렴

아닌 우물가에서
바가지에 버들 몇 잎 띄운다

오후 두 시를 훌쩍 넘겼는데
뱃가죽은 이미 등짝에 들붙었는데
큰고모 또래 시장통 돼지국밥집 주인은
굼뜨다 둔전거리며
뚝배기에 밥 한 덩이 말아
펄펄 끓는 가마솥 국물을 국자로
열댓 차례나 부었다 게운다

맨입에 깍두기 한 접시를 반 너머
지범거릴 때쯤
삶은 간 두어 점에 머리고기 서너 점
고명으로 숭숭 썬 대파를 얹는다
투가리가 은그은해야
국물이 오래 따끈한 법이라우,
묻지도 않은 대답으로
버들잎 두어 장 더 띄운다

뜨건 국밥 한 그릇에 시장기 한 접시

투가리에 언 손이 녹는 건 물론 덤이다

후 후 그 이파리 불어가며

혀까지 씹어 삼킨다

그냥꽃

이건 철쭉이고 저건 무슨 꽃?
……

자, 잘 들어요 튤립이에요 튤립
뭐라구요?
꽃이요! 아이들 합창에
아니 아니라니까, 애가 타는 대아수목원 해설사
붉그락 영산홍 꽃빛이다
아랑곳없는 화산초등학교 2학년 꼬맹이들
밥풀떼기꽃 같다

빨강 노랑, 관광버스도 활짝 피고
발아래 작은 꽃 고개 들면 키 큰 꽃
모르는 꽃이 없는 늙은 해설사가
코흘리개들 붙들고 줄줄줄 꽃 이름 외우고 있다
비탈길에 넘어진 녀석의 무르팍도 붉다

금낭화, 애기똥풀, 튤립, 개구리발톱, 봄까치꽃
현호색, 제비꽃, 개별꽃……
에고 숨차,

그래 너희들 말이 옳구나 옳아, 그냥 다 꽃이다
그냥꽃!

콧노래 흠흠

봄의 소리다
통천 옹진 거제, 한바다를 품고 있을 복어육수에 미나리 콩나물
보글보글 삼합 코러스다

교육청 앞 국밥집 주인답게 칠판에
배를 만들게 하려면 배 만드는 법을 가르치려 말고 바다를 동
경케 하라, 하 교육적이다
탕 탕탕 타 당탕
마늘 찧는 소리도 왈츠풍이다

간밤의 과음으로 괴로웠을까, 벽면의 서시 한 구절 읊조린 듯
옆 식탁의 사내
한 그릇 콩나물국밥으로 속을 달래고
나한테 주어진 길을 걸어가야겠다, 하늘을 우러르며
후루룩 국물까지 들이마신다

부부콩나물국밥집 쇼트커트 안주인
사분의 삼 박자로 서빙카트를 민다
먼 산에 진달래 울긋불긋 피었고, 아직 기척 없는 봄의 소리
가 들리는 것만 같다 흠흠
동이째 다듬었을 콩나물이 날아올라

콧노래 되었겠다

시간의 살여울에 선 왜가리

박동억(문학평론가)

1. 일생을 깨우는 감각

'나'는 존재한다. 그런데 현재의 '나'는 단지 지금-여기에 존재하는 것만이 아니다. 기억의 능력은 인간이 덧없이 흘러가는 시간에 속하도록 내버려 두지 않는다. 인간은 항상 현재에서 과거를 반추하며, 미래를 관조한다. 과거, 현재, 미래라는 시간성은 자신이 계속 존재해왔다는 확신으로부터 온다. 만약 자신을 상기하지 않는다면, 인간은 자신이 지속되어왔다는 사실도 성찰하지 못하며, 자연히 자신이 지속될 것이라는 사실도 고뇌하지 못할 것이다. 끊임없이 시간을 반추하는 정신 기관을 가진 인간은, 자연의 시간으로부터 분리된 채, 시간을 회고하고 의심하며 조작해야 하는 운명에 처해 있다. 인간은 자신이나 타인이 '죽는다'라고 말하지만, 무한한 우주의 순환에서 어떤 것이 사라질 수 있단 말인가. 무한한 시간으로부터 존재론적 시간으로 물러날 때, 비로소 인간은 시간에 순응하거나 반대로 그것과 투쟁하기 시작한다. 존재론적 시간을 손쉽게 우리는 삶이라 부른다. 그리하여 인간이 자신을 '존재한다'고 표명할 때, 그는 '삶을 창조하는 존재'라고 선언하는 셈이다.

인간의 의식 속에 삶은 기억이라는 형태로 관조된다. 그런데 문학은 종종 기억의 심부를 꿰뚫지 않는가. 단 하나의 문장, 단 하나의 심상은 우리의 잊었던 추억을 깨어나게 한다. 혀끝을 적시는 달콤함, 코끝에 머무는 꽃향기를 통해 향수가 아릿한 예감처럼 되살아난다. 단 하나의 감각이 커튼의 끈을 잡아당기듯, 유년의 풍경을 모두 비추기도 한다. 이를 뒤집은 방식으로, 안성덕 시인은 내밀한 기억을 더듬어 단 하나의 감각에 묶으려 한다. 삶을 관조하는 높이에 설 수 있게 된 시인은, 자신의 추억을 담담하게 풀어놓는다. 이번 시집에 이야기시의 형태가 많은 것은 바로 이 때문일 것이다. 그의 시는 그러한 기억을 치장하지 않는다. 다정하고 순연한 유년의 풍경을 담백한 목소리로 고백한다.

엿을 먹었네
꿈결인 듯 앞산 너머 뻐꾸기가 울면 철걱철걱 엿장수가 가위를 쳤네
아무리 아껴 먹어도 할머니 흰 고무신은 금세 녹았고 어머니의 부지깽이는 오래 쓰라렸네
소쩍새는 밤이 깊도록 훌쩍거렸네

정수리의 딱지나 떨어졌을 국민학교 오학년 땐가
방앗간 머슴이 빨리던 풍년초 몇 모금은 몽롱했네 주제도 모르는 머슴 놈 편지 심부름에
얼척 없다, 옆집 누님은 시퍼렇게 나를 꼬집었네
알사탕은 달다 못해 쓰기만 했네

인내는 쓰다 그러나 그 열매는 달다,

책상 앞에 앉아 질끈 머리를 동여매었지만 열매는커녕 꽃 한 번 보지 못 했네

세월은 가슴애피를 하던 막내고모의 약단지에서 골라낸 감초만도 못 했네

허나, 호락호락한 적 한 번 없던 세월이 엿 먹이지 않았다면 빈속에 강소주 맛을 내 어찌 알았겠는가

소주가 엿처럼 입에 쩍쩍 달았다면 삼십 년도 넘게 물리지 않을 수 있겠는가

환갑에 알겠네, 이 달달한 쓴맛을

「달달한 쓴맛」 전문

위 시를 따라가면, 할머니의 하얀 고무신을 엿과 바꿔먹고, 어머니께 부지깽이로 매질 당하던 소년시절이 눈앞에 선명해진다. 소년은 달달한 엿과 매운 매질을 바꿔먹은 셈이다. 또 알사탕의 유혹에 머슴의 짝사랑 편지를 옆집 누님에게 전해주고는, 멍이 들도록 꼬집히던 순간도 있다. 유년의 알싸한 추억들을 시인은 달콤하면서도 쓰라린 사탕처럼 음미한다. 이러한 음미가 의미하는 바는 간명하다. 표제시에는 어렵지 않게 '고진감래(苦盡甘來)'라는 삶의 원리가 제시된다. 책상 앞에서 자기 자신의 창작에 실패해온 과정도, 또한 누군가를 향해 가슴앓이하던 "막내고모"의 마음도 평생 견뎌온 '쓴맛'이자 "호락호락한 적 한 번 없는 세월"이다. 인생의 열매는 바로 그러한 견디는 끈기라고 시인은 말한다. 소주가 쓴맛이어야만 질리지 않는다는 말처럼, 도리어 고난

없이는 삶은 어떠한 풍미도 가지지 못했을 것이라는 의미를, 시인은 "달달한 쓴맛"이라는 표현에 압축한다. "열매는커녕 꽃 한 번 보지 못 했네"라는 표현은 삶이 어떤 성취도 안겨주지 못한다는 절망만을 표현하는 것이 아니다. "달달한 쓴맛"이야말로 충분히 삶을 견뎌낸 자가 맛볼 수 있는 열매이자, 일생을 풍요롭게 만드는 견고한 감각이기 때문이다.

문득 스쳐 가듯 들려오던 "피아졸라의 리베르탱고"(「꽃도둑」)가 가을이 다 가도록 어른거리고, "사라진 새벽잠에 물리게 별 구경"(「별」)하며 월남에서 귀국하지 않은 '형'을 떠올리는 것은 몇 번이고 되살아나는 감각과 고통을 말한다. 소리와 별의 광채는 순간적이다. 그러나 그러한 감각은 뼈에 새겨지듯 기억보다 깊이, 계절을 지나, 일생을 관통할 수도 있다. 시 「꽃도둑」에서 길가의 구절초를 꺾던 한 여인이 계속 눈에 아른거린다고 말할 때, 시인의 마음에 남은 잔상은 단순한 구경거리가 아니다. 그것은 "아삼삼한" 감각으로 남아, 마음을 뒤흔들고 나를 매혹하여 변화시키는 계기이다. 시 「별」의 별을 올려다보는 마음 역시 마찬가지다. "수십 수백 번 고쳐 불러도 이제 세상 그 어디에도 내 별은 없었다"고 말할 때, 별의 높이는 내가 도달해야 하는 꿈의 높이, 아무리 '없다'고 말해도 사라지지 않는 그리운 높이를 상기시킨다. 그리하여 안성덕 시인의 시는 "향내와 청풍을 못 보는 내 청맹과니를 후려친/ 박새"(「박새죽비」)처럼, 불현듯 엄습하는 감각을 활짝 드러낸다. 창문에 머리를 들이박고 죽은 "박새"는 돌연 자신 역시 투명한 벽에 가로막혀 있다는 자각을 일깨운다. 박새가 들이박은 것은 창문이 아니라, 시인의 마음속에 갇혀 있던 깊은 꿈이다. 고통의 밑바닥까지 필사하며 이 시집이 드러내

고자 하는 바는, 정수리가 산산이 조각날지라도 진정한 삶을 향해 육박해가려는 날갯짓은 기억 속에서 영원하다는 것이다.

2. 몸부림치는 다정

'절실한 삶'이라는 주제는 첫 번째 시집 『몸붓』(시인동네, 2014)부터 이어진 것이다. 시인은 반 토막 난 지렁이가 "제 몸의 진물을 찍어/ 평생 한 一자 한 자밖에 못 긋는 몸부림"(「몸붓」)을 치듯, 자신을 짓이기는 절망 속에서도 필사적으로 만들어내는 한 문장이 바로 시라고 선언한다. 그렇다면 시인이 꿈꾸는 삶의 형태는 무엇인가. 이번 시집을 살피면, 시인이 바라는 삶의 태도에 이르지 못한 부끄러움을 진솔하게 토로하는 대목마다 그것이 드러난다. "열 살 에티오피아 소녀의 피고름 나는 맨발도/ 정기후원 1577-1004 월 삼만 원도/ 우적우적 단무지를 씹으면, 목메지 않는다"(「괄호 치다」)는 시구도, "단 한 번도/ 세상의 페이스메이커가 되어주지 못한 채/ 실컷 남의 등이나 바라보며"(「뒤」) 살아왔다는 시구도 타인을 보듬지 못하는 자신에 대한 가책이다. '괄호' 속에, '뒤'에 남겨진 것은 내면으로부터 들려온 자신의 양심이다. 양심의 목소리를 외면하고 살아왔다는 부끄러움을 고백하는 데에는 용기가 필요했을 것이다. 이로부터 멋 부리는 구석이 없는 소탈한 품과 넉살을 발견하게 된다. 또한 낯선 타인을 지나치지 않고 살며 그들의 소외된 처지를 염려하는 다정한 눈길이 눈에 띈다.

꽁꽁 묶여 있다

순록 떼와 초원을 떠돌다가

8월이면 서타가야로 올라가던 그가

9월 다 가도록 발목 잡혀 있다

홉스굴 호숫가 타이가 숲에서

순록의 뒤를 따르며 살던 둥징

기약 없는 길손을 기다리며 주저앉아 있다

겨울이 오기 전 돌아가던 서타가야로

순록 떼 내빼지 못하도록

긴 뿔에 뒷다리 묶어두었다

찰칵 찰칵 사진 몇 장 찍어댈

관광객을 기다리고 있다

퉤 퉤, 침 발라 달러 몇 장 세고 싶어

무리들 다 떠난 호숫가에서

다리 묶인 짐승처럼 오도가도 못 하고 있다

네모난 화면에 갇혀

제 발목 제가 잡고 있다

「발목 잡힌 사내」 전문

시인은 이방인의 시선으로 몽골 타이가 숲에서 만난 유목민 사내를 바라본다. 그런데 인간의 시선은 두 가지 방식으로 작동할 수 있다. 하나는 '관광객'과 카메라의 시선이다. 관광객에게 여행지는 먼 풍경이다. 그곳은 내 삶과는 무관한 이국이며, 호기심을 충족시키는 즐거운 감상의 대상이다. 그러한 시선에는 이국 주민의 불행조차 감상할 수 있는 풍경이 된다. 다른 하나는 바로 '시적인 시선'이라 할 수 있는 다정한 눈길이다. 시인은 낯선 사내의 이름인 "둥징"을 불러본다. 낯선 타자가 아닌 고

유한 인간으로 그를 보려는 것이다. 그리고 본래 "순록의 뒤를 따르며" 자유로이 초원을 유랑하던 그가 "달러 몇 장" 때문에 관광객을 기다리는 일에 묶여 버린 사실을 염려한다. 시적인 시선은 낯선 이를 호명하는 것으로부터, 그의 내밀한 삶을 공감해보기를 바란다. 물론 공감은 지향의 대상일 뿐, "네모난 화면에 갇혀/ 제 발목 제가 잡고 있다"는 기술 또한 주관을 완전히 벗어던지는 것은 아니다. 하지만 관광객의 시선으로부터 염려하는 시선으로의 이행은, 적어도 인간을 풍경으로 박제해서는 안 된다는 원칙을 공고히 한다.

"멀쩡한 날개 달고 날지도 못하는 새들의 전쟁"(「치킨게임」), "세상에 코 베일세라 잠들지 못했다"(「호모 나이트쿠스」)와 같은 시구 역시 인간을 부속으로 전락시키는 자본주의를 비판한다. 을(乙)들이 각축하는 세상. 갑(甲)들의 눈에 그것은 풍경에 지나지 않을 수 있다. 이 무한 불신과 제 살 뜯어먹기를 중단하는 일은 불가능한 것인가. 첫 번째 시집에 보인 시인의 응전방식은 반토막 난 지렁이처럼 몸부림치며 한 줄의 흔적을 남기는 저항이었다. 한편 두 번째 시집의 시 「반짝」에는 지렁이의 상처를 향해 뻗는 다정한 손길이 등장한다. 시인은 항암치료 중인 "김 씨"가 길가의 토막 난 지렁이를 풀숲에 옮겨 놓는 순간 "세상이 환했다"고 말한다. 환한 빛이란 토막 난 채 몸부림치는 모든 삶을 향한 염려이다. 그러한 다정함은 죽음의 경계에 위태롭게 선 사람이 죽어가는 존재를 들여다볼 때 발견된다. 몸부림치는 모든 삶이 서로 다정해지는 순간을 향해, 시인은 세상을 다독이며 다음과 같이 말한다. "사람 人자 쓰듯, 그래요 찬 손등 위에 손 포개렵니다"(「사람 人자 쓰듯」).

3. 다정의 기원

다정은 한순간에 만들어지는 태도가 아니다. "울어도/ 울어도 보이지 않는 엄마 찾아/ 선잠 깨 나풀나풀 마음이 먼저 앞장서던"(「허공의 길」) 동심으로부터, 위화의 소설 『허삼관 매혈기』에 나오는 "제 피 뽑아먹은 허삼관처럼"(「순대」) 가장(家長)으로서 가족을 지키고, "너끈히 수천 년은 살아남을 한 마리 고래"만큼 장성한 아들을 갖게 되는 나이에 이르기까지 쌓아온 습관이어야 한다. 가족은 그러한 관계 맺음의 토대를 형성하는 최초의 타인이다. 이번 시집에는 유독 가족에 관한 시편들이 많다. 특히 월남전에 파병된 '형'을 그린 「별」, 아내와의 '토닥거림'을 다룬 「핑계」 등 가족을 그리는 시가 눈에 띈다. 그런데 쓸쓸하고 애틋한 이별을 그리면서도, 시인은 고통스럽다고 말하기보다 도리어 그것을 아름답다고 말해보려 한다. 이는 한 발자국 살며시 자신의 아픔을 토로하기보다 먼저 가족의 환부를 감싸보려는 태도이다.

복사꽃이 활짝,

이월 매조에 꾀꼬리 운다더니 매화 고목에 참새도 여럿 날아들었다

출가 삼 년, 벌써 득도라도 하셨나 세상 따윈 안중에 없다 어머니 벙근 함박꽃에 눈길 한 번 안 주신다

아자씨는 뉘시다우? 속가의 연 깔끔하게 정리하신다

기찬 조화다

난초지초 온갖 행초 작약 목단에 장미화 죄 피어 있다 창밖엔 난

분분 눈발이 흩날리는데

갓난아기로 돌아가신 걸까 틀니 빼 쓰레기통에 버렸더라는 어머니, 태엽 감듯 시간 맞춰 공양하시고 무덕무덕 애기똥풀꽃 활짝 피우신다

쑥고개 아래 연수요양병원 315호실 저, 저 꽃바구니 십 년은 더 걱정 없겠다

「조화」전문

치매에 걸린 어머니의 육체를 시인은 한 다발의 꽃이라 부른다. 우리는 위 시에 어머니로부터 "아자씨"라고 불리게 된 아들의 헤아리기 힘든 고통이 감춰져 있다는 사실을 발견하게 된다. 그렇지만 시인은 치매를 투병이라 부르지 않는다. 대신 "속가의 연"을 완전히 정리한 "출가 삼 년"이라 은유한다. 어머니는 속세의 "벙근 함박꽃"도 본체만체, 시간의 짐을 내려놓는 수행 중이시다. 시인은 자신의 아픔에 침잠하기보다, 갓난아기로 돌아간 양 완전한 자족을 이룬 어머니의 마음을 헤아리려 한다. 그렇지 않다면 어머니의 병실을 감히 "꽃바구니"라 부를 수 없는 것이다. "꽃바구니"란 입원실이 아닌, 더는 세상도 아들도 걱정하실 것 없이 모두 털어버리시고 어머니께서 머무시는 평온을 의미한다. 풍요로운 평온이 "십 년은 더 걱정 없겠다"고 말하는 데는 바로 얼마든지 어머니를 돌보려는 지극한 사랑이 발견된다. 이러한 다정한 은유야말로 시인이 지어낸 '조화(造花)'이자, 아프게 만들어낸 마음의 '조화(調和)'이다.

지극한 사랑은 반대로 어머니께서 시인에게 전한 것이기도 하다. 시「저녁연기」에는 "아직 돌아오지 않은 식구를 기다리"는 풍경이 그려진다. 그 풍경이 안성덕 시인이 가진 다정의 기원을 엿보게 한다. 가마솥에 안친 햅쌀, 모락모락 피어나는 밥 내음, 잔불처럼 저무는 시골 풍경의 중심에는 어머니와 아버지가 머무는 집이 있다. 그것은 바로 고향이라 부를 수 있는 내밀한 "사람의 마을"이다. 고향에는 "아무 집이나 사립을 밀면, 막 봐놓은 두레밥상을 내올 것만 같은 저물녘"이 맴돈다. 이는 그 시골 정경의 모든 곳이 어머니의 품처럼 넉넉하고 부드러운 쉼터이자 입구라는 의미이다. 사람답게 산다는 것, 사람답게 타인을 대한다는 것은 누군가의 마음이 쉬어갈 수 있는 입구가 되는 일이다. 어머니의 손이 그러하듯 넉넉하게 밥 한 끼 내어주는 한 채의 집이 되는 일이다. "사흘 굶은 도둑보다 허기진 마음만 훌쩍 뛰어 넘을 수 있게 헛담 치시기를"(「담장」) 바라는 것은 이를 가리킨다. 사람과 사람 사이의 담장은 낮아져야 한다. "늦가을 졸아든 냇물처럼 부쩍 말수 줄인 나를/ 당신, 총총 건너십시오"(「징검다리」)라고 말할 때, 우리는 기꺼이 타인을 위해 낮은 징검다리를 자청하는 겸허한 자세를 발견하게 된다.

　투쟁해야 하는 현실도, 아픈 상실도 조금씩 내려놓으며 안성덕 시인의 시는 넉넉한 품을 만들어낸다. 그러한 품은 어머니를 넘어 신화적인 여성성에 비유된다. 예컨대 "헤라의 젖이 넘쳐흘러 은하수가 되었듯이 후크를 풀고 브래지어를 벗는다는 건 우주적인 일/ 영원히 마르지 않을 시냇물 하나 흘리는 일"(「젖」)이다. 또한 여성이란 "한나절 나물을 캐어 오금이 저릴 여자"(「봄」)처럼 대지와 혼연일체를 이루는 모신적인 존재이기도 하다. 여성은 우주이자 대지의 계절이다. 천상과 지상을 모두 포용하는 이 근원적인 모성이야말로 안성덕 시의 뿌리라 할 수 있다.

4. 넉넉한 날갯짓

안성덕 시인의 시는 혀끝에 맴도는 쓰린 그리움으로부터 출발하여, 세계를 아우르는 신화적 여성의 규모로 타자와 포용하는 순간을 향해 나아간다. 이러한 포용의 자세에 익숙한 이름을 붙인다면, 가없는 사랑이라 할 수 있다. 우리는 사랑에 관한 한, 단 한마디의 말이 세계를 완전하게 만든다는 사실을 알고 있다. 너와 내가 서로 응답하는 한순간, 사랑한다는 확신만으로 세상은 얼마나 찬란해지는가. 그러나 안성덕 시인의 시는 주로 사랑이 아닌 사랑의 실패를 말한다. 시 「못」에는 "번번이 헛방 질러/ 열 손가락 생인손 앓았네"하고 말하는 짝사랑에 실패한 화자의 목소리가 나타난다. 망치로 못을 박듯, 그대 사랑하는 마음을 새겨두려 했으나 번번이 자신만 상처 입게 된다는 의미다. 그런데 시집 전체를 돌이켜 볼 때 시인은 이러한 좌절로부터 어떤 힘을, 그 안에 깃든 삶의 탄력을 찾으려 하는 일관된 태도를 보인다.

못을 쳤다 냇바닥에 박혀 있다 겹겹 노을을 껴입은 박제다

눈 코 귀 활짝, 몸뚱이 죄 열어 놓고 지상의 복판에 서 있다 금시라도 시위를 박찰 듯 꼿꼿하다

행여 깃털 흘릴세라 살내 샐세라 단단히 조인 저 한 개 살촉, 살여울에 죄어드는 발목쯤 애저녁 잊은 거다

송장인 듯 못 박힌 잿빛 적막 한 마리, 제 숨통 틀어쥐고 과녁 밖의 과녁을 겨누고 있다 바들바들 시위를 견디고 있다

냇물에 얼비친 산 그림자 속, 뻐꾹 뻐뻐꾹 어디로 귀띔을 넣는 건지 오금 저린 뻐꾸기 울음 이따금 영을 넘는다

밥숟가락 놓치듯 툭 떨어지는 해, 핏빛 노을, 왜가리 희미하게 어깨 추스른다

「적막」 전문

　시 「적막」은 시인이 길어온 삶의 자세가 응집되어 있다. 살여울을 딛고 "못"처럼 우뚝 서 있는 한 마리의 왜가리를 바로 시인 자신으로도 독해할 수 있다. 시 「적막」의 '못'은 "송장인 듯 못 박힌 잿빛 적막"으로서, 삶을 견디기 위해 제 몸을 현실에 박제해 놓은 고독이다. 한편 시인은 홀로 세찬 물살을 견디는 그 외로운 발목으로부터 팽팽히 당긴 근육의 힘을 발견한다. 우뚝 선 한 존재는 시간을 견디는 만큼 그의 힘을 비축하는 셈이기 때문이다. 따라서 우리는 이러한 테제를 세울 수도 있다. 세속의 급류에 휩쓸리지 않는 진정한 삶의 욕망은 그 내용이 무엇이든 과녁을 겨냥하는 "살촉"이자, 날아오를 "왜가리"이다. 진정한 삶은 숨을 참고, 필사적으로 견디며, 자신을 온몸으로 쏘아 올리는 순간을 기다린다. 바로 이 비상의 순간이 '쓴맛'을 견딜 때 찾아오는 '달콤함'이다. 물살에 맞서는 안간힘으로, 왜가리는 날아오를 것이며, 다다른 하늘로부터 바로 그 날갯짓의 크기가 가늠될 것이다.
　시 「신발」을 살피면, '왜가리'는 집으로 돌아오지 않는 형이

남기고 간 "신발 한 짝"으로도 형상화된다. 이는 시간의 살여울에 깊이 박힌 말뚝과 같은, 아픈 기억을 의미한다. 짝사랑의 실패이든, 잃어버린 가족이든 그것은 마음속에 깊이 박혀 "어둑어둑 돌아갈 줄 모른다". 안성덕 시인은 이 어둡고 쓰린 기억을 뽑아내기보다 살 속에 더 깊이 묻는다. 그는 현재로 되돌아오는 기억들을 몇 번이고 회고한다. 그리하여 위태롭게 서 있는 그의 '왜가리'는 더욱더 우뚝 서야만 한다. 모든 상처를 남김없이 감내할 수 있다고 확신하는 순간, 그의 새는 고통을 털어내고 일순간 쏘아질 것이다. 하늘로 날아오를 것이다. 새가 겨냥하는 높이는 무엇일까. 아마도 그것은 세속적 성취와는 무관한, 무게 없는 세계에 놓일 수 있는, 후련함일 것이다. 그 하늘은 어머니처럼 타인을 보듬을 수 있는 넉넉한 품의 또 다른 이름이다. 끊임없이 자신을 반추하여 그의 시가 길어 올리는 것은, 바로 자신을 비우는 만큼 타인에게 열리는 넉넉함이다.

시인 안성덕

전라북도 정읍에서 태어나 전주에 살고 있다. 2009년 「전북일보」 신춘문예에 시 「입춘」이 당선되어 작품 활동을 시작했다. 2014년 시집 『몸붓』을 펴냈으며, 제5회 『작가의 눈』 작품상과 제8회 『리토피아』 문학상을 수상했다. 현재 원광대학교에 출강하고 있다.

모악시인선 015

달달한 쓴맛

1판 1쇄 찍은 날 2018년 9월 14일
1판 1쇄 펴낸 날 2018년 9월 21일

지은이 안성덕
펴낸이 김완준

펴낸곳 모악

기획위원 문태준, 손택수, 박성우
출판등록 2016년 1월 21일 제2016-000004호
주소 전북 전주시 덕진구 기린대로 418 전북일보사 6층 (우)54931
전화 063-276-8601
팩스 063-276-8602
이메일 moakbooks@daum.net

ISBN 979-11-88071-15-9 03810

* 이 도서의 국립중앙도서관 출판예정도서목록(CIP)은 서지정보유통지원시스템 홈페이지
 (http://seoji.nl.go.kr)와 국가자료공동목록시스템(http://www.nl.go.kr/kolisnet)에서
 이용하실 수 있습니다.(CIP제어번호: CIP2018026428)
* 이 책의 내용을 재사용하려면 모악의 서면 동의를 받아야 합니다.
* 이 책은 2018 전라북도 문화관광재단 지역문화예술 육성지원사업의 지원을 받았습니다.

값 8,000원